* un petit livre d'or

La Cigale
et la Fourmi

Texte de Jean de La Fontaine
Illustrations de Romain Simon

DEUX
COQS
D'OR

La Cigale, ayant chanté
Tout l'été,
Se trouva fort dépourvue
Quand la bise fut venue :

Pas un seul petit morceau
De mouche ou de vermisseau.
Elle alla crier famine
Chez la Fourmi sa voisine,
La priant de lui prêter
Quelque grain pour subsister
Jusqu'à la saison nouvelle.

« Je vous paierai, lui dit-elle,
Avant l'oût, foi d'animal,
Intérêt et principal. »

La Fourmi n'est pas prêteuse :
C'est là son moindre défaut.

« Que faisiez-vous au temps chaud ?
Dit-elle à cette emprunteuse.
– Nuit et jour à tout venant,
Je chantais, ne vous déplaise.

– Vous chantiez ? J'en suis fort aise :
Eh bien ! dansez maintenant. »

Le Renard
et la Cigogne

Compère le Renard se mit un jour en frais,
Et retint à dîner commère la Cigogne.

Le régal fut petit et sans beaucoup d'apprêts :
Le galand, pour toute besogne,
Avait un brouet clair (il vivait chichement).
Ce brouet fut par lui servi sur une assiette :

La Cigogne au long bec n'en put attraper miette,
Et le drôle eut lapé le tout en un moment.

Pour se venger de cette tromperie,
À quelque temps de là, la Cigogne le prie.
« Volontiers, lui dit-il, car avec mes amis,
Je ne fais point cérémonie. »

À l'heure dite, il courut au logis
De la Cigogne son hôtesse,
Loua très fort la politesse,
Trouva le dîner cuit à point.

Bon appétit surtout, Renards n'en manquent point.
Il se réjouissait à l'odeur de la viande
Mise en menus morceaux, et qu'il croyait friande.

On servit, pour l'embarrasser,
En un vase à long col et d'étroite embouchure.
Le bec de la Cigogne y pouvait bien passer,
Mais le museau du Sire était d'autre mesure.

Il lui fallut à jeun retourner au logis,
Honteux comme un Renard qu'une Poule aurait pris,
Serrant la queue, et portant bas l'oreille.

Trompeurs, c'est pour vous que j'écris :
Attendez-vous à la pareille.